Come and see my pussy behind the bike shed . . .

Everybody loves my pussy

My pussy loves affection

Always give presents to your favourite pussy

I like to exercise my pussy every night

My pussy likes to be tickled

My pussy loves to bounce on things

Happiness is a warm pussy

I love pussy on the hearth rug

A pampered pussy is a happy pussy

Have you seen how big my pussy has grown?

Put some pretty flowers around my pussy

My pussy loves to roll in the hay!

My pussy is so active on the bedsprings

Sometimes the hair on my pussy stands on end

My pussy loves to play with balls

I'm staying in to wash my pussy

My boyfriend wishes I had two pussies

My pussy loves a comfy bed

My boyfriend can't keep his hands off my pussy

My pussy loves to sit on things

My pussy loves a warm pillow

Feel how warm my pussy is . . .

Come and see my pussy on the stairs

Look at my pussy on the snooker table

Come dance with my pussy

Don't keep my pussy in the dark

Look how plump my pussy is . . .

Come and see my pussy for Christmas

Look at my pussy glistening in the moonlight...

Have you seen my pussy lately?

Park your pussy over there!

Let's take my pussy upstairs

Let my pussy give you a cuddle

Come down under and see my pussy

Be my pussy Valentine

Put a pillow under my pussy

Come and see my pussy in the tool shed

I've got a lovely French pussy

I can see my pussy through my nightdress!

Quick! – Grab my pussy!

My pussy loves to keep fit

Wave to my pussy on the television

My pussy likes to climb on top

Love me, love my pussy

My pussy loves a Christmas party

My pussy loves a love song

Take your pussy off my bicycle saddle

My husband loves to curl up with my pussy

Can you do the pussy hop?

Can you see my pussy through the keyhole?

Who's got a very pretty pussy, then?

Night time is when my pussy comes to life

Tickle my pussy with your finger

I've just perfumed my pussy

My pussy is so active in the springtime

Look how fluffy my pussy is

Lie back and let my pussy sit on your lap

Come and see my pussy in the bath

**Can you see my pussy
through the shower curtain?**

See how my pussy rubs against your leg

Look at my pussy vibrating

My pussy is keeping an eye on you

Look at my pussy under the blanket . . .

Come scratch my pussy

I saw you stroking my pussy!

My pussy is on the kitchen table

My pussy is my Valentine

Come and kiss my pretty pussy

I've won first prize with my pussy

Sometimes my pussy is as playful as a kitten

That's really tickled my pussy

Love is a warm pussy by a log fire

My pussy drives men up the wall!

If you want to see my pussy, look under the bed

My pussy needs its beauty sleep

**I'm so proud of my pussy,
I'm thinking of showing it!**

If you look to the heavens you can see my pussy

**Sometimes I show my pussy
the back seat of the car**

Tie a ribbon around my pussy

My pussy sometimes sticks out its tongue

I've got an absolutely fabulous pussy

Yawn – it's almost bedtime for my pussy

My pussy is all wet

**I'm not putting my pussy on the back
of your motorbike!**

I brush my pussy twice a day

A pussy is forever – not just for Christmas

I can stretch my pussy

I've only got a little pussy

There's pussy on the menu tonight

In the daytime I try to keep my pussy cool

My pussy can get into all sorts of positions

My pussy fancies you . . . honest!

My pussy is exhausted